CACHORRITOS

PRINCESA

CACHORRITOS

OTROS LIBROS DE LA SERIE CACHORRITOS

CACHORRITOS

PRINCESA

ELLEN
MILES

SCHOLASTIC INC.

Originally published in English as *The Puppy Place: Princess*

Translated by Ana Galán.

ISBN 978-0-545-75711-9

Cover art by Tim O'Brien
Design by Steve Scott

12 11 10 9 8 7 6 5 4 3   16 17 18 19/0

Printed in the U.S.A.   40
First Spanish printing, September 2014

CAPÍTULO UNO

—Muy bien, Charles. ¡Ahora vas tú! —Danielle señaló la butaca—. Siéntese, señor. ¿Qué le gustaría hoy? ¿Una cresta quizás? ¿Un corte de pelo al uno?

Charles se sentó en la butaca y se acomodó. Danielle agitó una capa negra y grande de hule, se la puso encima del pecho y los hombros y se la abotonó detrás del cuello.

Charles se rió.

—Como siempre, supongo —dijo.

Sonrió al ver su reflejo y el de Danielle en el espejo.

Danielle siempre había sido la peluquera de su familia. Antes tenía una peluquería en el pueblo de Littleton, al lado de la biblioteca, pero hacía un año se había trasladado a un nuevo local llamado Pelos, a tres pueblos de distancia. Así que su mamá hacía cita para que todos se pelaran el mismo día. Hacía cita para ella, para él, para Lizzie, su hermana mayor, y para Adam, su hermano pequeño, al que todos llamaban Frijolito. Iban juntos en el auto y regresaban a casa una hora más tarde con lo que su mamá solía llamar "esa sensación de cabello recién cortado".

A su papá le cortaba el cabello Bernie en la misma estación de bomberos donde trabajaba.

—Es muy práctico —decía su papá— y el precio no puede ser mejor.

Eso quería decir que era gratis. Pero los cortes de pelo de Bernie siempre quedaban un poco raros y, con frecuencia, su mamá tenía que emparejarle el pelado a su papá para que no pareciera que acababa de salir de la cama.

A Charles le gustaba Danielle porque se reía mucho y usaba ropa muy llamativa, como zapatos deportivos morados y medias con lunares rosados.

Le gustaba cuando le lavaba el cabello con agua caliente y le ponía ese champú especial de limón que olía tan bien que daban ganas de comérselo. También le gustaba esperar en la peluquería mientras Danielle les cortaba el pelo a los demás.

Charles a veces se sentía un poco raro porque era el único niño que había en el local. (Frijolito no contaba porque era muy pequeño). Pero, ¿qué importaba? Todas las señoras que estaban sentadas debajo de los secadores de pelo o se estaban pintando las uñas le sonreían.

Aun así no le habría hecho mucha gracia que algún chico de su escuela pasara por allí y lo viera leyendo tranquilamente una revista y comiendo las riquísimas galletas de azúcar que Danielle le ofrecía. Seguramente se moriría de vergüenza si se corriera la voz y la gente supiera que él iba a un sitio así. A lo mejor, hasta resultaba conveniente que Pelos estuviera en el pueblo de Springfield.

Danielle le estaba recortando el cabello alrededor de las orejas. *¡Clic clic!* A pesar de ser tan rápida nunca lo había pinchado con sus tijeras afiladas. Nunca. Ni siquiera un poquito.

—¿Qué tal está Chico, ese perrito tan lindo? ¿Han acogido últimamente a algún otro perrito para que juegue con él? —preguntó Danielle. Le encantaba oír las historias del perro de la familia Peterson y de los otros perros que acogían.

Cuando conocieron a Chico, Charles y su familia llevaban ya bastante tiempo acogiendo cachorritos. Hasta ese día, los padres de Charles siempre habían dicho que la familia no estaba preparada para tener su propio perro. Pero a Charles, Lizzie y Frijolito les gustaban tanto los perros que sus padres los dejaban cuidar cachorritos temporalmente. Eso es lo que significa "acoger" a un perro.

Los cachorritos se quedaban con ellos durante poco tiempo, solo hasta que les encontraban la familia perfecta para ellos. Pero cuando conocieron a Chico, todos supieron inmediatamente que nunca podrían dejar que se fuera. La familia Peterson era perfecta para Chico.

Chico tenía el pelo y los ojos marrones y una mancha blanca en forma de corazón en el pecho. Era lindo, inteligente y resultaba muy divertido jugar con él. Charles siempre se había imaginado que tener su propio cachorrito iba a ser lo mejor del mundo. Y ahora que tenía a Chico sabía que efectivamente era así.

Pero todavía le gustaba acoger a otros cachorritos. Ahora le estaba hablando a Danielle de Fideo, el último cachorro que habían tenido. Fideo era una mezcla de golden retriever y caniche que habían acogido cuando Lizzie lo encontró nadando en medio del helado lago Loon.

—Por lo que cuentas, Fideo debe de ser un perro estupendo —dijo Danielle—. Seguro que a tu hermana le gustaba mucho. A Lizzie le gustan los perros grandes, ¿no?

Era cierto. Charles sabía que a su hermana le había costado un gran esfuerzo despedirse de Fideo cuando llegó el momento.

—Pero ahora que tu familia tiene a Chico, debe

de ser más fácil despedirse de los cachorritos, ¿no? —añadió Danielle recortando un poco el flequillo de Charles.

Charles iba a asentir con la cabeza, pero recordó justo a tiempo que no podía moverla mientras le cortaban el pelo.

—Sí —dijo.

Danielle retrocedió para ver cómo había quedado el corte.

—Bueno, ya estás listo —dijo. Sujetó un espejo para que Charles se pudiera ver la cabeza por detrás, reflejada en el espejo grande de la pared—. ¿Qué te parece? —preguntó—. ¿Te gusta?

—¡Sí! —dijo Charles. En realidad él pensaba que estaba igual que antes, pero con el cabello más corto. Era perfecto—. Gracias, Danielle.

Danielle giró la silla de Charles y desabrochó la capa para agitarla. Los pelos de Charles salieron volando a reunirse con los que había en el piso.

—¡Tachán! —dijo Danielle, y miró por la sala—. Y ahora, ¿dónde está Frijolito?

Cerca de la puerta principal había un grupo de mujeres rodeando a alguien que acababa de llegar. Algunas llevaban unas cosas extrañas de papel de aluminio en el cabello y otras llevaban rulos o turbantes de plástico. Charles no había oído la campanilla de la puerta, pero vio que quien había llegado era Ángela, otra de las peluqueras de Pelos. Frijolito, que era muy curioso, corrió a reunirse con la multitud. Se quedó cerca del grupo, intentando abrirse paso entre la gente.

—Con permiso. ¡Con permiso! —decía.

Pero las mujeres estaban demasiado ocupadas para oírlo. Charles vio que intentaban tocar algo que Ángela llevaba en los brazos.

—¿Qué está pasando? —le preguntó Charles a Danielle—. ¿Tiene un bebé?

Danielle miró hacia el techo y movió la cabeza.

—No exactamente.

Justo en ese momento, una de las mujeres se movió hacia un lado y Charles pudo ver lo que Ángela llevaba en los brazos. ¡Era un cachorrito!

Un perrito muy pequeño con el pelo sedoso, marrón y negro con algunos mechones plateados. Tenía la naricita y los ojos negros y llevaba un lazo rosado encima de la cabeza. También llevaba una camiseta que decía LA PRINCESA DE MAMI con letras rosadas y brillantes.

—Esa es Princesa —le dijo Danielle a Charles—. La perrita más mimada del universo.

CAPÍTULO DOS

Charles apenas escuchó lo que dijo Danielle. En cuanto vio a la perrita se puso de pie y se acercó a verla. ¡Nunca había visto una perrita tan pequeñita! Era increíblemente linda, como un muñeco de peluche.

La perrita lo miró con sus ojos brillantes y levantó las orejas.

Genial, otro admirador. ¡Hola! ¿Quieres acariciarme? ¿Te gusta mi lazo?

Lizzie se acercó a Charles y al grupo de mujeres.

—Es una yorkie —dijo—. Supongo que es linda, si te gustan los perros pequeños. Aunque no entiendo por qué les ponen camisetas.

—¿Qué tipo de perro dijiste que era? —le preguntó Charles a su hermana sin apartar la mirada de la perrita que llevaba Ángela en brazos.

—Un Yorkshire terrier. Va a crecer un poco más, pero no mucho.

Lizzie no parecía impresionada. No le gustaban mucho los perros más pequeños que, por ejemplo, Pintas, un cachorro de Beagle que la familia había acogido hacía poco tiempo.

La Sra. Peterson se acercó para ayudar a Frijolito a ponerse delante del grupo y así poder ver al cachorro.

—Muy bien, jovencito —le dijo después a Frijolito—. Ahora te toca pelarte a ti. Danielle te está esperando.

—Pero quiero ver.

Frijolito estiró los brazos hacia la perrita.

—Ahora no —dijo su mamá firmemente. Alejó a Frijolito y lo llevó hasta la butaca de Danielle.

Charles había estado tan ocupado mirando a la perra que ni siquiera prestaba atención a lo que

Ángela estaba diciendo. En ese momento se dio cuenta de que la peluquera reía y lloraba al mismo tiempo.

—Esta mañana me han dado las buenas noticias. ¡Me han aceptado para estudiar con *Onrí*! —escuchó que dijo.

Charles no tenía ni idea de qué era *Onrí*, pero todas las mujeres dieron gritos de admiración.

—¡*Onrí*! —repitieron—. ¡Increíble!

Charles se acercó a Lizzie.

—¿Qué es *Onrí*? —preguntó.

Lizzie resopló.

—Para empezar, no es *qué*, es *quién* —dijo—. Es un nombre, se escribe H-E-N-R-I, pero se pronuncia "Onrí", con el acento en la última sílaba. Es Henry en francés.

—Ah, ya veo —dijo Charles mirando hacia el techo. Lizzie a veces podía ser muy pesada—. ¿Y quién es Henri?

Lizzie movió la mano para llamar la atención de Ángela.

—¿Quién es Henri? —preguntó.

¡Ja! Así que Lizzie no lo sabía *todo*. Aunque a ella no le daba ninguna pena hacer preguntas. Él también era curioso, pero nunca se hubiera atrevido a hacer esa pregunta en voz alta.

—¿Henri? ¡Es el colorista más famoso, más creativo y más increíble del universo! —dijo Ángela con los ojos brillantes y las mejillas rosadas de la emoción.

—¿Colorista? ¿Colorea con crayones? —preguntó Charles imaginándose a Frijolito concentrado en la mesa de la cocina, creando uno de sus extraños dibujos. ¿Sería Frijolito un colorista?

Ángela se rió.

—No, colorea el cabello. Henri es el mejor para teñir el pelo. Todas las estrellas de cine lo adoran. Solo acuden a él —dijo, y respiró hondo—. Y ahora yo, Ángela McKnight, iré a Los Ángeles, California, para estudiar con él. Me voy mañana. Es lo más increíble, maravilloso y alucinante que me ha pasado en la vida —añadió hundiendo la cara en la cachorrita, pero cuando la volvió a levantar, tenía los ojos llenos de lágrimas—. Y también es lo peor que me ha pasado en la vida —agregó limpiándose los ojos y suspirando—. Tengo que dejar a mi adorada perrita, a mi Princesa.

—¿Por qué? —preguntó una de las mujeres—. ¿No la puedes llevar contigo?

Ángela negó con la cabeza.

—Voy a estar todo el día estudiando con Henri, todos los días de la semana. No puedo encargarme de ella. Princesa necesita mucha atención —dijo volviendo a hundir la cara en el pelo suave de la perrita—. ¿A que sí, mi amorcito? La princesa de mamá necesita mucha atención.

Princesa le lamió la nariz a Ángela.

Lo que tú digas. ¡Pero sigue abrazándome!

Charles y Lizzie intercambiaron una mirada y Lizzie hizo como si le dieran náuseas. Ninguno de los dos soportaba que la gente le hablara a sus perros como si fueran bebés.

—¿Cuánto tiempo vas a estar allí? —preguntó otra mujer—. A lo mejor puedes encontrar a alguien que se encargue de Princesa durante un tiempo.

Ángela negó con la cabeza.

—La verdad es que no creo que regrese. Siempre he querido vivir en California y esta es mi gran oportunidad.

Las mujeres empezaron a hacerle más preguntas a Ángela sobre Henri, y Charles se alejó para hablar con su mamá. Estaba cerca de la butaca de Danielle, viendo como le cortaban el cabello a Frijolito.

—Un poco más corto por detrás —dijo la Sra. Peterson mientras Danielle le cortaba los rizos a Frijolito.

—¿Mamá? —preguntó Charles—. ¿Podríamos...

—No me digas que le vas a preguntar si podemos acoger a esa perrita malcriada —dijo Lizzie acercándose por detrás.

Charles no lo podía creer.

—¡Eso no está bien! —le dijo a su hermana—. Que a ti no te gusten los perros pequeños no quiere decir que no podamos ayudar a este igual que ayudaríamos a cualquier otro.

Charles pensaba que Princesa era una perrita muy linda aunque estuviera mimada. Se moría de ganas de tenerla en su casa hasta encontrarle un nuevo hogar.

—No es que no me gusten todos los perros pequeños —dijo Lizzie—. Copito no estaba mal y Golfo tampoco. ¡Pero esta perrita es diminuta y una malcriada! No hay más que ver la manera en la que Ángela la sujeta y le habla. Y eso por no mencionar la camiseta que le ha puesto.

La Sra. Peterson negó con la cabeza.

—No sé, Charles. A lo mejor Lizzie tiene razón con esta cachorrita. Princesa necesita más atención de la que podemos ofrecerle —dijo la Sra. Peterson.

Charles miró a su mamá con una expresión de perrito suplicante, con los ojos grandes y tristes.

A Chico le funcionaba cuando ponía esa cara y quería que le dieran una galletita o una caricia.

Parecía que a Charles también le iba a funcionas. Su mamá suspiró.

—Por otro lado, tú también tienes razón. Si nuestra familia acoge cachorritos, debe ayudar a cualquier cachorro que nos necesite —dijo sacando el teléfono celular para llamar a su esposo.

Charles cruzó los dedos mientras oía la conversación de su mamá.

—Es una yorkie —dijo—. Sí, uno de esos perritos pequeños que ladran mucho... Ya, ya lo sé, pero a Charles le gusta mucho y si podemos, deberíamos ayudar y...

Colgó el teléfono y volvió a suspirar.

—Parece que está de acuerdo. No puedo creer que *yo* lo haya tenido que convencer para acoger a un perro.

Después le guiñó un ojo a Charles. A la Sra. Peterson le gustaban más los gatos que los perros, pero Charles sabía que a ella también le parecía que Princesa era muy linda. ¡Genial! Charles estaba deseando tenerla ya en casa.

Cuando salieron de Pelos, Ángela había accedido a dejar a Princesa a cargo de la familia Peterson. De hecho, esa misma noche la llevaría a su casa.

—Necesitaremos tiempo para que les pueda explicar cómo hay que cuidarla —dijo—. Y además, tengo que darles la lista.

CAPÍTULO TRES

—¡Oh, no! ¿Mencionó una lista? —dijo Amanda moviendo la cabeza—. Eso puede ser un problema.

Un poco más tarde, en la casa de la familia Peterson, Princesa era el tema principal de conversación. La perrita todavía no había llegado a la casa, pero la tía de Charles, Amanda, había ido a visitar a la familia y Charles le estaba contando lo que había sucedido.

Amanda era la hermana pequeña del Sr. Peterson. Charles siempre intentaba imaginarse a su papá y a su tía cuando tenían su edad y la de Lizzie. Su papá le había dicho que su tía Amanda le recordaba mucho a Lizzie. A lo mejor de niña también era tan mandona como Lizzie.

Pero aunque hubiera sido mandona, ahora era muy simpática. A Charles le caía muy bien y le gustaba mucho visitarla en el Campamento de Pipo, una guardería para perros cuyos dueños trabajaban todo el día y no tenían tiempo para jugar con ellos. Lizzie también trabajaba allí una vez a la semana y decía que siempre aprendía mucho. Charles pensaba que su tía Amanda era la única persona del mundo que sabía más de perros que Lizzie.

Ahora Charles y su tía estaban sentados en el porche de la parte de atrás de la casa, observando a sus perros jugar en el jardín. Amanda y su esposo, James, tenían cuatro perros: tres pugs y un golden retriever. Uno de esos pugs, Chato, había sido acogido por la familia Peterson. A Chato también lo llamaban Don Pesado porque les había dado mucho trabajo. ¡Y todavía lo hacía! Pero Amanda y James eran la familia perfecta para él y lo querían mucho. Además, Chato se llevaba muy bien con los otros perros.

Eso era evidente ahora. Chato perseguía a Lionel y Jack, sus dos "hermanos" pug, mientras que Pipo, el golden retriever, estaba tumbado boca arriba dejando que Chico jugara encima de él. De pronto, Chato también se subió encima de Pipo, y Jack y Lionel lo siguieron. En unos segundos, Pipo tenía todos los perros encima. Dio media vuelta, se paró y se sacudió. Los perros pequeños cayeron al suelo, dieron una voltereta y salieron corriendo en busca de una nueva aventura. Empezaron a ladrar y a perseguir el gato del vecino.

Charles y su tía se rieron al verlos.

—Los pug son muy cómicos —dijo Amanda—. Siempre te hacen reír.

La Sra. Peterson salió al jardín con una bandeja con galletas y queso. Lizzie iba detrás llevando una jarra de la famosa limonada de su mamá. Detrás de Lizzie iba Frijolito con un juguete plástico en forma de hamburguesa. A Frijolito le gustaba imaginar que era un perrito y sus juguetes preferidos eran juguetes de perros.

—Vamos a merendar —dijo la Sra. Peterson. Sirvió un vaso de limonada y se lo pasó a Amanda—. ¿Dijiste que la lista de Ángela podría ser un problema?

—¡Gracias! —dijo Amanda tomando un sorbo de limonada antes de contestar—. ¡Haces la mejor limonada del mundo! —Y luego añadió—: Bueno, a veces llega algún cliente nuevo con una de esas listas. Siempre están llenas de instrucciones complicadísimas sobre cómo cuidar a sus perros. Algunas personas son muy maniáticas con lo que les gusta o no a sus mascotas. Y aunque la gente piense que los perros pequeños como Princesa son los únicos malcriados, eso es un mito. Hay muchos dueños de perros grandes que también malcrían a sus perros.

—¿Por ejemplo? —preguntó la Sra. Peterson.

—Por ejemplo, tengo un cliente que solo le da agua mineral a su golden retriever —dijo Amanda levantando una ceja y bebiendo otro sorbo de limonada.

—¿Agua mineral a un perro? —dijo la Sra. Peterson asombrada—. Me estás tomando el pelo.

—Para nada —contestó Amanda—. Y yo además hago lo que me piden.

—Algunos perros tienen el estómago muy delicado —dijo Lizzie—. Si beben un tipo de agua a la que no están acostumbrados, se pueden enfermar.

—Tienes toda la razón —dijo Amanda—. Y como tengo que cuidar a treinta perros a la vez, no puedo dedicarme a recoger "las necesidades" de los perros enfermos —añadió sonriendo—. Pero el caso es que las personas que hacen esas listas suelen ser las responsables de que sus perros sean tan maniáticos. Si a tu perro solo le ofreces agua mineral, se va a acostumbrar y es lo único que va a tomar. El perro no tiene la culpa de estar malcriado. Es culpa del dueño.

La Sra. Peterson asintió.

—Ángela llegará en cualquier momento a dejar a Princesa. Ya veremos qué pone en *su* lista. Espero que no sea demasiado complicado —dijo.

—Yo también lo espero —repitió Amanda sonriendo—. Ah, casi se me olvida la razón por la que vine hoy. Quería ver si alguno de ustedes —dijo mirando a Charles y a Lizzie— quería ayudarme en una nueva actividad. Es un programa en la biblioteca que se llama Lee con una Mascota.

—¡He oído hablar de ese programa! —dijo Lizzie—. Es cuando los niños les leen a los perros, ¿no?

—Así es —asintió Amanda—. El programa reúne a niños a los que no les gusta o a los que les cuesta trabajo leer con un perro y su respectivo dueño. Por lo visto leer a un perro es tan divertido que los niños aprenden más rápido y les va mejor en la escuela.

—Suena maravilloso —dijo la Sra. Peterson.

—Pipo y yo acabamos de terminar el programa de entrenamiento —continuó Amanda—, y aprendimos a motivar a los niños a leer y a hacer que los perros presten atención a los niños. Pipo lo hizo muy bien cuando practicamos esa parte. Lo premié con galletitas cuando se quedaba quieto escuchándome. Vamos a ir los sábados y mañana es nuestra primera sesión con un lector. ¡Estoy emocionada! Pero creo que voy a necesitar ayuda para que Pipo se quede tranquilo y se concentre.

Charles estaba a punto de decir que él quería ir. Le encantaban los perros y le gustaba mucho leer. El programa sonaba muy divertido. Pero antes de que pudiera decir nada, Lizzie habló.

—Yo me apunto —dijo levantando la mano como si estuviera en la escuela y quisiera que la maestra la eligiera. Pero enseguida frunció el ceño—. Ay, no. ¿Dijiste mañana? —Bajó la mano con cara decepcionada—. No puedo. Los sábados trabajo de voluntaria en Patas Alegres. ¡Qué lástima!

Lizzie iba un día a la semana al refugio de animales Patas Alegres para ayudar a cuidar a los perros y los gatos que esperaban a ser adoptados.

—Qué lástima —repitió Charles contento—. Supongo que entonces tendré que ir yo.

Lizzie le sacó la lengua, pero a Charles no le importó. ¡Iba a ayudar a su tía Amanda!

Justo en ese momento, sonó el timbre de la puerta.

—¡Esa debe de ser Ángela! —dijo la Sra. Peterson.

Inmediatamente, todos se levantaron y fueron a recibir al nuevo perrito.

Cuando la Sra. Peterson abrió la puerta, vieron a Ángela con una bolsa rosada para llevar perros con forma de palacio, con sus tres banderas rosadas ondeando en tres torres altas. A Charles le pareció que Ángela había estado llorando, aunque ahora sonreía.

—¡Ha llegado Su Majestad! —dijo Ángela levantando la bolsa para que todos pudieran ver lo que había dentro—. ¡Aquí está mi pequeña Princesa!

Princesa estaba dentro de la bolsa, acurrucada en su manta rosada. Llevaba una camiseta que decía SOY UNA PRINCESA en letras brillantes y rosadas. También llevaba un lazo rosado a juego. ¡Charles se quedó boquiabierto al ver que Ángela también le había pintado las uñas con esmalte rosado!

—Y aquí está la lista —dijo Ángela dándole un montón de papeles grapados a la Sra. Peterson.

CAPÍTULO CUATRO

ALIMENTACIÓN: Primera parte

A) Princesa solo come un tipo de comida: Bocaditos Deliciosos.

El único sabor que le gusta es el de Panceta con Res.

B) No intenten darle Pollo Cremoso (lata amarilla) ni Delicias de Cordero (lata verde). No probará bocado.

—¡Esto es ridículo! —dijo la Sra. Peterson—. Entre otras cosas, una lata de Bocaditos Deliciosos cuesta más que un bistec.

—Nuestros perros nunca han comido esas cosas tan especiales —protestó Lizzie—. Ni siquiera creo que sea bueno para ellos.

—Pero Ángela nos ha dejado algunas latas y deberíamos usarlas —dijo Charles.

No entendía por qué su mamá y su hermana estaban tan molestas. Sí, es cierto que todo sería más fácil si pudieran darle a Princesa el mismo tipo de comida que Chico se comía sin ningún problema, pero le habían prometido a Ángela que cuidarían a Princesa como ella quería. O por lo menos, él lo había prometido. No sabía si Ángela les habría dejado a Princesa si no lo hubiera hecho. Y él quería realmente tener a la perrita en casa.

Ahora la cachorrita estaba sentada en su regazo. El resto de la familia también estaba en la sala de estar. Amanda se había ido a su casa y los demás miraban la lista que había dejado Ángela.

—Te daremos tu comida favorita —le dijo Charles a Princesa mientras le acariciaba sus orejas sedosas—. No te preocupes.

Princesa no parecía estar preocupada. Se quedó allí sentada recibiendo las caricias de Charles. En cuanto el chico dejaba de acariciarla durante un segundo, Princesa lo miraba con ojos suplicantes y le daba con la patita en el brazo hasta que volvía a acariciarla. En una ocasión en que Charles le estaba diciendo algo a su mamá y no le prestó atención a la pata, Princesa pegó tres pequeños ladridos.

¡Oye, tú! ¡Más caricias y menos conversación! ¿Es que olvidaste que estoy aquí?

—¡Huy! ¡Perdón! —dijo Charles y siguió acariciando a la perrita.

Ángela seguramente la acariciaba cada vez que Princesa ladraba y ahora ella esperaba eso. Era exactamente lo que su tía Amanda había dicho: Princesa no tenía la culpa de estar tan malcriada. Con un poco de suerte, como era tan joven, podía aprender a no estar tan mimada, pero Charles no sabía cómo hacerlo.

Charles miró a Princesa. ¡Era tan pequeñita! Con su nariz chiquita, sus orejas chiquitas, sus patas chiquitas. ¿Cómo podía un perro ser tan pequeñito? Era más pequeña que Huey, el conejillo de indias que tenían en su salón de clases. No pesaba nada. Si cerraba los ojos ni siquiera notaba que la tenía en su regazo. Pero Princesa tenía una personalidad muy fuerte.

—No sé cómo lo hace —dijo Lizzie moviendo la cabeza—. Es pequeña como una rata, pero está claro que piensa que es mejor que todos. Es como si nos hiciera un favor dejándonos estar en la misma sala que ella.

—¿Rata? —preguntó Frijolito que estaba sentado en el piso con Chico encima de él. Observó a Princesa—. ¡Princesa no es una rata! ¡Princesa es una perrita!

—Lizzie no quiso decir que Princesa era una

rata —le explicó el Sr. Peterson a Frijolito—. Princesa es definitivamente una perra. —Hizo una mueca—. Bueno, más o menos —añadió en voz baja.

Al igual que Lizzie, al Sr. Peterson no le gustaban mucho los perros pequeños. Siempre decía que eran "casi como perros" y que no valían para nada.

—Es la hora de cenar, tanto para los humanos como para los perros —dijo la Sra. Peterson, que había estado leyendo la lista de Ángela—. Charles, si quieres dar de comer a Princesa mientras yo preparo la cena, deberías empezar ya. Vas a tardar un buen rato en hacer todo lo que Ángela tiene en la lista.

—¿Qué quieres decir? —preguntó Charles.

Su mamá no contestó. Se limitó a pasarle el montón de papeles a Charles, y el chico gruñó. No tenía tiempo de leer todo en ese momento. Se tendría que limitar a las partes que hablaban de la comida.

ALIMENTACIÓN: Segunda parte

A) Usen los platos rosados. Los de estampado con flores son para el desayuno; los de conejitos son para la cena. Los platos hay que lavarlos y secarlos entre una comida y otra.

B) Pongan exactamente tres cucharadas de Bocaditos Deliciosos con sabor a Panceta con Res (lata rosada) en el plato. Si la comida está en la nevera, tienen que meterla en el microondas a media potencia durante siete segundos. Aplasten la comida con la parte de atrás de un tenedor hasta que no quede ni un solo grumo. Ni siquiera uno pequeño. A Princesa no le gustan los grumos.

C) Pongan el plato encima del mantel rosado que va a juego (el de flores para el desayuno y el de conejitos para la cena). No se olviden de poner la foto favorita de Princesa (la del oso de peluche rosado) cerca de donde vaya a comer, para que la pueda mirar mientras come.

D) Llenen el cuenco de agua con media botella de agua mineral Cristal. No usen otra marca porque no la beberá.

E) Llamen a Princesa para que vaya a comer. Yo normalmente digo "¡Princesita mía! ¡La cenita!" o "¡Princesa amorosa, es hora del festín!".

Charles dejó caer la lista al suelo.

—Muy bien —le dijo a Princesa—. Machacaré tu comida. Te pondré la foto del oso rosado. Te pondré un poco de agua mineral. Pero no pienso hablarte así.

Princesa se limitó a mirarlo con sus pequeños ojos negros, como dos botones brillantes. Ladeó la cabeza y lo miró confundida.

Bla, bla, bla. No sé lo que estás diciendo, pero sé que sigo aquí, esperando mi cena. ¿Por qué tardas tanto?

De pronto, Charles pensó que si no tenía cuidado, iba a acabar hablándole como si fuera un bebé.

Charles se esmeró mucho con la cena de Princesa. Le tomó diez veces más tiempo que lo que le tomaba servirle a Chico su comida. Estaba un poco nervioso porque no quería equivocarse. Pero cuando dijo "¡Princesa, a comer!", la perrita fue corriendo, moviendo sus patitas a toda velocidad. Princesa fue directo al cuenco rosado que estaba sobre el mantel rosado, con la foto del oso de peluche rosado encima, y empezó a comer. No parecía haberse dado cuenta de que Charles no le había hablado como a un bebé. A lo mejor Princesa no era tan exigente como parecía.

Mmmm, delicioso. Ni un solo grumo. Justo como a mí me gusta.

Charles la observaba fascinado mientras Princesa tragaba su comida con ganas y lamía unas gotas de agua con su lengua rosada. Puede que Lizzie y su papá tuvieran algo de razón. Un perro tan pequeñito no era un perro del todo. Era muy diferente a lo que él estaba acostumbrado. Comparado con Princesa, Chico parecía un gigante feliz que se comía toda su comida de una vez y salpicaba al beber de su cuenco metálico.

Cuando los perros terminaron de comer, la familia cenó. Después, Charles se dedicó a jugar con Chico y Princesa en la sala. A Chico le lanzaba un calcetín con forma de mono (últimamente ese era su juguete preferido) y a Princesa le lanzaba una pelota de tenis en miniatura de color rosado. (La lista decía JUEGOS: Primera parte. Princesa juega con: A) Su pelota rosada de tenis o B) La mariposa rosada de juguete). Los dos perritos se divertían recogiendo los juguetes y llevándoselos a Charles, con la cola levantada.

La Sra. Peterson llevó a Frijolito a la cama y cuando bajó le dijo a Charles que él también debería ir pronto a dormir.

—Deberías leer esta parte —le dijo a Charles señalando la lista.

Charles miró la hoja y suspiró.

HORA DE DORMIR: Primera parte

A) Princesa duerme en su palacio, con sus tres juguetes favoritos: su mariquita de juguete, su ardilla rosada y su platito...

CAPÍTULO CINCO

A la mañana siguiente, Charles decidió hacer un experimento. A lo mejor Princesa no era tan exigente como pensaban. Al fin y al cabo, él le había hablado con voz normal al darle la cena y la perrita había acudido sin problemas. Cuando le preparó el desayuno, en lugar de hacer lo que decía la lista, puso la misma comida que comía Chico en un cuenco normal y corriente para Princesa.

Charles la llamó y Princesa fue corriendo, pero después de olisquear el cuenco, la perrita retrocedió. Se sentó y ladró.

¿Es una broma? ¿Qué es eso?

Charles comprendió. Decidió poner la comida en el cuenco de Chico (que ya se había comido su porción) y empezó de nuevo. Encontró unos restos en la lata de la comida de Princesa de la noche anterior en la nevera y puso un par de cucharadas en un cuenco de cereales.

—Muy bien —dijo ofreciéndole el cuenco a Princesa.

La perrita se acercó a olerlo otra vez. Y una vez más retrocedió y ladró.

Ni hablar. Está frío, tiene grumos y ese no es mi plato.

Charles recogió el cuenco y puso la comida en el cuenco rosado y con flores de Princesa. Lo metió en el microondas siete segundos a media potencia, lo sacó, aplastó los grumos con mucho cuidado con un tenedor y lo puso sobre el mantel rosado de flores.

Esta vez Princesa se comió hasta el último bocado.

Cuando la tía de Charles lo recogió para ir a la sesión de Lee con una Mascota, Charles tuvo que admitir que se sentía un poco abrumado por todo el trabajo que suponía cuidar a Princesa.

—¿Cuidar a Princesa? —preguntó Amanda mientras iban en el auto a la biblioteca. Pipo, el golden retriever, iba en el asiento de atrás—. Querrás decir malcriarla. Esa perrita está demasiado mimada. Ángela la trataba como si fuera un bebé y ahora está acostumbrada a eso. Te va a costar mucho trabajo hacer que Princesa se convierta en un perro que alguien quiera adoptar.

Charles refunfuñó.

—Tienes razón —dijo—. Es lindísima y muy divertida. ¡Me gusta mucho! Pero, ¿quién va a querer quedarse con ella con lo mimada que está? Mi mamá y el resto de mi familia no van a aguantarla mucho tiempo. Tengo que encontrarle un hogar permanente cuanto antes. Tal y como es Princesa, no podría enviarla a un refugio de animales, ni siquiera a Patas Alegres.

—A lo mejor te puedo ayudar a entrenarla —dijo Amanda—. Seguro que Princesa puede aprender a ser menos mimada. Pero ahora tenemos otro trabajo que hacer. —Estacionó el auto delante de la biblioteca—. ¿Estás listo, Pipo? —dijo volteándose para mirar al gran perro de color cobre.

Pipo ladró alegremente y movió la cola. Siempre estaba dispuesto a hacer lo que su dueña le pedía. Era muy buen perro.

Mientras Charles esperaba a que su tía Amanda le pusiera la correa a Pipo, llegó otro auto. Era un auto deportivo descapotable, de color rojo, viejo y oxidado. Llevaba la capota bajada, y Charles pudo ver dentro a dos personas y un perro.

—¡Hola! —dijo el conductor abriendo la puerta y saliendo del auto—. ¿Tú también vienes al programa? —Le dio la mano a Charles—. Me llamo Harry y este es Zeke.

Harry señaló a su inmenso labrador retriever de color chocolate que llevaba un pañuelo rojo atado al cuello. Charles había visto a ese perro por el pueblo. También reconoció a Harry porque jugaba de segunda base en el equipo de béisbol de la escuela secundaria. Charles había ido a algunos partidos con su papá, y la gente que estaba en las gradas no hacía más que hablar de Harry. El Sr. Peterson decía que Harry era un maestro del doble *play*. Harry también era un buen bateador. Charles recordó un jonrón en el que la pelota salió disparada hasta el tejado de la escuela.

—Hola —dijo Charles, sintiéndose bastante mayor al estrechar la mano de Harry—. Me llamo Charles y ellos son mi tía Amanda y su perro, Pipo. Yo solo he venido a ayudar.

—Genial —dijo Harry y se volteó hacia el auto—. ¿Vienes, Nathaniel?

El niño que estaba en el asiento de atrás se estaba desabrochando el cinturón de seguridad. No levantó la vista.

—Este es mi primo Nathaniel —le dijo Harry a Charles—. Intenté que le leyera a Zeke, pero

Nathaniel es bastante tímido y Zeke es... en fin... muy intranquilo. Al final decidí que lo mejor era que viniera conmigo al programa y lo intentara con otro perro.

—Pipo va a ser perfecto para Nathaniel —dijo Amanda—. Es un perro muy tranquilo.

—¡Excelente!

Harry enganchó una correa al collar de Zeke y abrió la puerta del auto para que el perro pudiera salir. Charles retrocedió para dejarle sitio. Nathaniel también salió del auto y cerró la puerta con cuidado. Después se acercó a Harry, bajando la mirada hacia sus zapatillas rojas. Cuando Zeke intentó darle un lametón, Nathaniel se encogió y se acercó más a Harry.

Charles se acordó de cuando a su hermano Frijolito le daba vergüenza algo y se escondía detrás de las piernas de su mamá. Le daba la sensación de que Nathaniel podría meterse el dedo pulgar en la boca como solía hacer Frijolito. Pero Nathaniel no era un bebé. A Charles le pareció que debía de tener, por lo menos, cinco años. Era demasiado grande para chuparse el dedo.

—Vamos a conocer al resto —dijo Harry dirigiéndose a la biblioteca con Nathaniel correteando detrás para alcanzarlo.

Charles observó como Zeke caminaba al lado de Harry. Era un perro grande, como los que Lizzie consideraba perros *de verdad*. A Harry seguramente tampoco le gustarían las perritas mimadas como Princesa. Charles sujetó la correa de Pipo mientras su tía Amanda guardaba las llaves del auto en la cartera.

Era muy divertido ir a la biblioteca con un perro. Normalmente los perros se quedaban afuera, amarrados a un árbol o al soporte de bicicletas mientras sus dueños devolvían los libros. Incluso el concurso anual de mascotas, patrocinado por la sección infantil y juvenil de la biblioteca, se celebraba en el patio. Pero hoy era un día diferente. Hoy, los perros eran los invitados especiales.

La sección infantil y juvenil de la biblioteca era uno de los lugares preferidos de Charles por varias razones. La primera era porque allí había un montón de libros esperando pacientemente a ser leídos. La segunda, porque había rincones acogedores donde podías acurrucarte con un libro si querías leerlo inmediatamente y no esperar a llevarlo a tu casa. La tercera, porque las bibliotecarias eran muy simpáticas. Como Nancy, que fue la que recibió a Charles y a su tía cuando entraron.

—¡Bienvenidos! Este debe de ser... —dijo mirando una lista—. Pipo, ¿verdad?

Pipo ladró y movió su cola peluda. Siempre se ponía muy contento al oír su nombre.

—¡Perfecto! ¡Vengan por aquí! —Nancy los llevó a una zona donde había más personas con perros—. Creo que ya estamos todos —dijo—. Voy a leer las parejas de perros y niños para que puedan empezar a leer. —Miró la hoja que llevaba en la mano—. Harry y Zeke, van a leer con Simón.

Harry se levantó.

—Aquí estamos —dijo—. Yo soy Harry y este es Zeke.

—¡Bravo! —dijo un niño pelirrojo y regordete que llevaba overoles.

El niño se levantó de un salto y corrió a abrazar a Zeke. El perro golpeó el piso con la cola mientras le lamía la cara al niño. Un segundo más tarde, los dos estaban dando vueltas por la alfombra.

—¡Simón! —dijo Nancy—. Me alegra que te guste Zeke, pero será mejor que dejemos los juegos para otro momento. Hoy hemos venido a leer.

Charles y su tía se miraron y sonrieron. Zeke había encontrado el compañero perfecto.

—Amanda y Pipo —dijo Nancy—, van a leer con Nathaniel.

Nathaniel no salió corriendo como Simón. Se quedó quieto, mirando al piso. Pero por lo menos sonrió cuando Charles se acercó con Pipo. Charles estaba casi seguro de que a Nathaniel le gustaban los perros, pero lo asustaban un poco.

Esa mañana el que más leyó fue Charles. Como a Nathaniel le daba demasiada vergüenza leerle a Pipo, Charles se sentó al lado del perro y le leyó un cuento detrás de otro. Pipo descansaba la cabeza sobre las piernas de Amanda. Nathaniel estaba sentado cerca, escuchando. De vez en cuando, Nathaniel estiraba la mano y acariciaba a Pipo.

—Creo que el libro que más le gusta a Pipo es *Buenas noches, gorila* —susurró Nathaniel al final de la sesión.

—A lo mejor la próxima vez se lo puedes leer tú —dijo Amanda.

—A lo mejor.

Nathaniel no parecía muy convencido. Pero Charles estaba seguro de algo: ir a las sesiones de Lee con una Mascota era muy divertido.

CAPÍTULO SEIS

—Había una señora con un perro corgi inmenso. Creo que era una mezcla con San Bernardo. Oh, y el perrito más lindo era un caniche miniatura. Se llamaba Perla. Sabía hacer un montón de trucos. Yo creo que hasta podría actuar en un circo.

—¿De qué color era el perro grande? —preguntó Lizzie mientras le pasaba un plato de espaguetis con albóndigas a su papá.

Era la hora de la cena y Charles le estaba contando a su familia el día tan excelente que había tenido con su tía Amanda en el programa de Lee con una Mascota. Chico y Princesa ya habían cenado y estaban dormidos. Chico debajo de la mesa y Princesa en su palacio rosado.

Charles movió la cabeza. Por supuesto, a Lizzie solo le interesaba oír hablar del perro más grande que había en el programa.

—Era blanco con manchas marrones. El caniche miniatura era negro. Tenías que ver como saltaba.

Pero Lizzie no estaba interesada en las historias del perro pequeño.

—¿Y qué tal Pipo? —lo interrumpió—. ¿Se portó bien?

—Por supuesto.

Charles se sirvió un tomate y tres trozos de pepino del cuenco de la ensalada. Tenía suerte de que eso contara como vegetales.

—También tienes que servirte pimiento verde —dijo su papá como si le hubiera leído la mente.

A Charles le pareció que era justo y eligió el trocito más pequeño de pimiento que pudo encontrar.

—A Pipo le encanta estar con la gente. Y a todos les gustó mucho Pipo. Menos a Nathaniel. Creo que Nathaniel le tenía un poco de miedo.

—¿Miedo de Pipo? —Lizzie no lo podía creer—. ¿Con lo bueno que es?

—No a todo el mundo le gustan los perros tanto como a ti, Lizzie —le recordó su mamá—. A algunas personas les dan miedo los perros y sobre todo los grandes.

—¡Buuu! —dijo Frijolito levantando las manos como si quisiera asustar a alguien—. ¡Qué miedo!

—No es miedo como si fuera un fantasma —le explicó Charles a su hermano pequeño. Él sabía lo que su mamá quería decir—. Les da miedo, como... pues eso, miedo. A lo mejor piensan que el perro los va a tirar al piso o a morder o algo así. Pero como iba diciendo...

Estaba a punto de decir que a lo mejor Nathaniel se acabaría acostumbrando a estar con Pipo, cuando Chico lo interrumpió.

El perrito le puso una patita a Charles en la rodilla.

A la hora de la cena.

Estaba pidiendo comida.

Chico *nunca* hacía eso. Cuando el papá y la mamá de Charles accedieron a quedarse con Chico, habían puesto varias condiciones. Una de ellas era que no podía pedir comida. El Sr. Peterson decía que no le gustaban los perros que pedían comida porque no dejaban comer a nadie en paz. Así que una de las reglas de la familia era que nadie le podía dar nada a Chico cuando estaban a la mesa, ni la más mínima migaja. Chico ni siquiera lo intentaba porque sabía que no conseguiría nada.

Ahora, por primera vez, Chico estaba pidiendo. Tenía la pata encima de la rodilla de Charles y una expresión en sus ojos marrones que decía "Soy un perrito hambriento, por favor, dame algo de comer". ¡Y hasta babeaba un poco!

Charles miró el plato de Chico. ¿Por qué estaba hambriento si ni siquiera había terminado su cena?

—¿Qué ocurre, Chico? ¿Estás cansado de tu comida?

Charles estaba bromeando, pero Chico corrió a

oler el plato vacío de Princesa y después volvió donde estaba Charles para darle otra vez con la patita y poner esa mirada de "Dame algo de comer". En ese momento Charles entendió que en realidad Chico no estaba pidiendo cualquier tipo de comida. Quería la comida de Princesa.

¡Por favor, por favor! Huele tan bien que no puedo soportar verla comer a mi lado. ¡Yo también quiero! ¡Por favor!

Ay, no.

—¿Será posible lo que estoy viendo? —dijo el Sr. Peterson con el ceño fruncido y señalando a Chico con el tenedor—. ¿Está pidiendo comida?

—Lo sabía. Estaba segura —dijo Lizzie—. Está aprendiendo malas costumbres de esa perrita malcriada, Princesa.

Al oír su nombre, Princesa se despertó y asomó la cabeza por la puerta de su palacio. Parpadeó y ladró.

¿Qué pasa conmigo? ¿He oído mi nombre? Por supuesto que están hablando de mí, pero ¿por qué hacen tanto ruido? ¿Es que aquí una perrita como yo no puede descansar en paz?

—Ya verás —advirtió Lizzie—. Si pasa más tiempo con ella, Chico se convertirá en uno de esos perros que ladra sin parar como Princesa.

Princesa volvió a ladrar al oír su nombre.

—Lizzie, Princesa no es tan mala —dijo la Sra. Peterson.

—¡Claro que no! —dijo Charles. ¿Por qué Lizzie no podía aprender a querer a Princesa?—. Es muy linda y muy lista y...

Justo en ese momento, Chico ladró tres veces y le puso la otra pata en la rodilla a Charles. Lizzie puso cara de "¿Lo ves?", y Charles no dijo nada más. ¿Qué pasaría si Princesa realmente le estaba enseñando malos modales a Chico? Debía encontrar un hogar permanente para esa perrita mimada (y adorable) y debía hacerlo cuanto antes.

CAPÍTULO SIETE

Era sábado y Charles y su tía Amanda iban de camino a la biblioteca para la segunda sesión de Lee con una Mascota. Había pasado algo más de una semana desde que la pequeña yorkie había ido a vivir con Charles y su familia, y lo cierto era que la familia Peterson ya estaba bastante cansada de Princesa.

El Sr. Peterson decía que Princesa era una maestra demasiado buena a la hora de enseñarle a Chico a pedir comida.

Lizzie estaba harta de que Princesa siempre fuera el centro de atención.

La Sra. Peterson estaba cansada de tener que llevar el palacio de Princesa por toda la casa, desde la sala, donde dormía durante el día, a la habitación de Charles, donde dormía por la noche, al porche, donde descansaba cuando salían a jugar al jardín.

Frijolito protestaba porque ya no le hacían tanto caso.

Chico también se estaba portando mal.

¿Y Charles? A él le seguía gustando mucho Princesa, pero tenía que admitir que hubiera preferido no haber leído nunca la lista. Le parecía increíble lo complicado que resultaba cuidar a una perrita tan pequeña.

A Charles le daba la sensación de que casi todo su tiempo libre lo tenía que dedicar a que Princesa estuviera contenta. Incluso ahora, que era sábado y por fin podía descansar un poco de ella, no conseguía hacerlo. Sí, es cierto que estaba con su tía camino a la biblioteca, pero esta vez Pipo no era el único perro que iba en el auto. Esta vez también los acompañaba Princesa en su palacio rosado.

Princesa no iba a participar en el programa de Lee con una Mascota. Entre otras cosas, no había hecho el entrenamiento y los niños se distraerían demasiado con otro perro. No, Princesa se iba a quedar en el auto.

Como no hacía mucho calor se podía quedar en el auto, siempre que lo dejaran a la sombra y con las ventanillas un poco abiertas, mientras Charles y su tía estaban en la biblioteca. (Charles sabía muy bien que *nunca* se debe dejar a un perro en un auto con las ventanas cerradas. Dentro de un auto cerrado puede hacer demasiado calor para un perro, aunque en la calle no haga calor).

Después de la sesión de Lee con una Mascota, Charles y Amanda pensaban llevar a Princesa al Campamento de Pipo para que jugara con otros perros. Así la familia Peterson, incluyendo a Chico, podría descansar un poco.

Charles también necesitaba un descanso. Durante la sesión de Lee con una Mascota, no tendría que preocuparse de cuidar a la perrita malcriada. No tendría que fijarse si su cuenco hacía juego con la camiseta que llevaba ese día (ROPA: Primera parte) o si la correa iba a juego con el collar (ROPA: Segunda parte). Solo tenía que ayudar a su tía Amanda.

Cuando llegaron a la biblioteca, Nathaniel ya los estaba esperando. Parecía alegrarse de verlos, aunque no corrió a abrazar a Pipo. Una vez más, el que leyó fue Charles. Nathaniel todavía se ponía nervioso cerca de un perro tan grande, así que se sentó en el regazo de Amanda. Charles se sentó al lado de Pipo y le acariciaba las largas orejas sedosas mientras leía. Charles notó que Nathaniel lo observaba y sabía que le hubiera gustado acariciar a un perro, pero Pipo le seguía dando un poco de miedo.

Al resto de los niños parecía que les gustaba leerles a los perros. Simón estaba tumbado en el piso con un brazo encima de Zeke. Había una niña con trenzas, sentada al lado de unas estanterías de libros, con la cabeza de un perro corgi encima de sus piernas. A Perla, la adorable caniche miniatura, le gustaba tanto que le leyeran que se quedaba sentada, sin moverse, con su mirada brillante clavada en el niño que le leía. Al inmenso perro que era mezcla de San Bernardo le leían unos niños gemelos que habían estado corriendo hasta que les dijeron que era la hora de leer. Se sentaron encima del enorme perro como si fuera una gran alfombra peluda y le mostraban los dibujos de los libros mientras se turnaban para leer una página cada uno.

A Charles le encantaba leerle a Pipo. Estaba acostumbrado a leerles a los perros porque todos los domingos le leía las tiras cómicas a Chico. Sus favoritas eran las de *Lorenzo y Pepita*. Charles ponía voces divertidas para cada uno de los personajes y describía lo que Lorenzo llevaba puesto, como pijamas con dibujos de donuts, o lo que comía, como un sándwich de diez pisos de alto que era demasiado grande para cualquier persona.

Chico siempre movía la cola cuando oía hablar de los sándwiches, como si fuera la parte que más le gustaba.

Esa mañana en la biblioteca, Charles estaba tan feliz leyéndole a Pipo que se le pasó el tiempo volando. Se sorprendió cuando Nancy anunció que la sesión había terminado. Nathaniel lo ayudó a recoger los libros. Los llevaron a la mesa de la bibliotecaria y después salieron a la calle con Harry, Zeke, Amanda y Pipo.

Cuando llegaron al auto, Amanda le pidió a Charles que sacara a Princesa un momento porque ya llevaba mucho tiempo allí.

—Seguramente está aburrida y se siente sola —dijo—. Espero que no haya ladrado todo el tiempo que estuvimos en la biblioteca.

—¿Tienes otro perro en el auto? —preguntó Harry. Ya había metido a Zeke en el asiento de atrás de su auto y Nathaniel se estaba poniendo el cinturón—. ¡Vamos a verlo!

Charles dudó. Se preguntó si Harry se reiría de

Princesa y de su camiseta. Pero no se le ocurrió ninguna disculpa para esconderla. Así que cuando su tía abrió la puerta de atrás del auto, Charles se acercó a Princesa y le puso la correa rosada con piedras de fantasía. Después la tomó en sus brazos (no pesaba nada) y se volteó para mostrársela a Harry.

—Esta es Princesa —dijo—. Es un poco…

Se detuvo para pensar cómo podía explicar que estaba muy mimada, pero Harry lo interrumpió.

—¡Es una yorkie! —exclamó—. ¡Qué linda!

Harry estiró los brazos y Charles se la pasó.

—¡Eres lindísima! —dijo Harry poniendo la cara delante del hocico de la perrita—. Eres la cachorrita más linda del mundo y lo sabes.

Princesa le lamió la barbilla a Harry y movió la colita.

¿La más linda? ¡Sí, esa soy yo! Por fin alguien que entiende lo especial que soy. Me merezco muchos besos. ¡Sigue prestándome atención!

Después Harry levantó la vista y vio que Charles lo estaba observando. Sonrió y se encogió de hombros.

—Me encantan los perros pequeños —dijo—. Sobre todo los yorkies. A mi tía Maggie, la mamá de Nathaniel, también le encantan.

Al oír el nombre de Nathaniel, Charles recordó que el niño estaba esperando a Harry en el auto. Pero cuando miró, ¡Nathaniel no estaba en el auto! Charles se dio la vuelta y se encontró a Nathaniel detrás de él, silencioso como un ratoncito.

El niño observaba a Princesa, y Charles reconoció inmediatamente la expresión de su mirada. Nathaniel había encontrado un perro que le gustaba.

CAPÍTULO OCHO

Una vez de vuelta en casa, Charles estaba demasiado atareado con Princesa para pensar en otra cosa. Pero por la noche, mientras estaba en la cama y Princesa roncaba suavemente en su palacio, Charles recordó la mirada en la cara de Nathaniel cuando vio a la pequeña yorkie. La gran sonrisa de Nathaniel lo decía todo.

Esa tarde, Nathaniel había jugado con Princesa durante un rato en el jardín de la biblioteca. Le lanzó su pelota rosada de tenis y ella se la llevaba de vuelta una y otra vez. Nathaniel no paraba de reír. Charles pensó que Nathaniel parecía un niño diferente cuando estaba con Princesa. No parecía tan tímido.

A Princesa también le encantaba Nathaniel. Se había subido en su regazo inmediatamente y le había lamido la cara, sobre todo la nariz.

Charles se puso un poco celoso al ver como Nathaniel y Princesa jugaban juntos. Parecía que se conocían desde hacía años.

Ahora, en la cama, Charles pensó en lo que había pasado y, de pronto, se le ocurrió no una, sino dos ideas geniales. La primera era que a Nathaniel en realidad no le daban miedo los perros. Tal vez solo le daban miedo los perros grandes, como Zeke y Pipo. A lo mejor se encontraría más cómodo leyéndole a Princesa.

La segunda idea genial era que había oído a Harry decir que a su tía Maggie, la madre de Nathaniel, le encantaban los yorkies. A lo mejor, solo a lo mejor, Nathaniel y su mamá eran la familia perfecta para Princesa.

El domingo, en cuanto se despertó, Charles llamó a su tía y le contó ambas ideas.

—Bien —dijo su tía Amanda—, si queremos poner en práctica tu primera idea, tengo que llamar a los de Lee con una Mascota y ver si les parece bien que llevemos a Princesa en lugar de a Pipo la semana que viene. Princesa no ha hecho el entrenamiento, pero como yo sí y Princesa se porta bien, siempre y cuando alguien la tenga en sus brazos y le preste atención, es probable que les parezca bien.

—Genial —dijo Charles—. Así, cuando Nathaniel conozca un poco más a Princesa, a lo mejor él y su mamá la quieren adoptar.

Charles pensaba que su segunda idea era la mejor de todas.

—En eso no te puedo ayudar —dijo su tía—, pero antes de hacerte ilusiones, te sugiero que llames a Harry y le preguntes si cree que la mamá de Nathaniel estaría dispuesta a adoptar a un perro.

Amanda encontró el número de teléfono de Harry en la lista de contactos de Lee con una Mascota y Charles lo llamó inmediatamente. Charles le explicó que pensaba llevar a Princesa para que Nathaniel le leyera, y a Harry le pareció un buen plan.

—¡Excelente! Tengo el presentimiento de que a Natty le va a gustar mucho la idea —dijo.

Entonces Charles respiró hondo y le habló de su otra idea. Le explicó que él y su familia solo habían acogido a Princesa temporalmente y que esperaban encontrarle un hogar permanente. Si conseguían que Nathaniel le leyera a la perrita, a lo mejor su mamá la adoptaría. Así Nathaniel podría tener su propio perro en casa y leerle siempre que quisiera.

Además, Princesa saldría de la casa de su familia, lo que sería excelente, ya que todos los miembros de la familia Peterson estaban cansados de la lista de Princesa. (Por supuesto, Charles no le contó esa última parte a Harry).

—Un momento, ¿Princesa está para adopción?

¿Por qué no me lo dijiste antes cuando jugábamos con ella? —preguntó Harry sorprendido.

—No se me ocurrió hasta más tarde —confesó Charles—. De todas formas, nunca habría comentado algo así delante de Nathaniel. En casa tenemos una norma con los perros que acogemos. Mi mamá dice que no es justo preguntar a los niños si quieren adoptarlos porque luego se llevan una gran desilusión cuando sus padres dicen que no. Siempre tenemos que preguntar antes a los padres. —Charles respiró hondo—. ¿Qué crees que dirá tu tía?

—No lo sé —dijo Harry—. Es una gran idea, pero si te digo la verdad no creo que resulte. ¿Te he contado en qué trabaja mi tía? ¡Es peluquera de perros! Trabaja con perros todo el día y siempre dice que no quiere uno en casa. —Se detuvo—. Pero voy a pensar un poco y a lo mejor se me ocurre la manera de convencerla. Te llamo más tarde si lo consigo.

Charles colgó el teléfono un poco frustrado. Miró a Princesa, que había estado durmiendo en su regazo mientras hablaba por teléfono.

—¿Qué vamos a hacer contigo? —preguntó.

Charles sabía que Princesa en realidad no podía entenderlo, pero la perrita lo miró con sus pequeños ojos negros y se imaginó lo que le habría contestado.

Eso es fácil. Acaríciame. ¡Y dame cosas ricas de comer! Y por supuesto, préstame mucha atención.

Charles intentó olvidarse del problema de Princesa. Con un poco de suerte, a Harry se le ocurriría algo. Pero mientras tanto, Charles quería divertirse con la cachorrita y no preocuparse por encontrarle un hogar.

Después de desayunar, Charles estaba tumbado en el piso de la sala y les leía las tiras cómicas a Chico y a Princesa. Chico estaba quieto y escuchaba sin apartar la vista de Charles. Pero

Princesa ladraba sin parar y ponía su pata encima del periódico.

¡Esa no! ¡Esta!

Charles se rió y acarició la cabecita suave de Princesa.

—Ya veo. No te gusta *Lorenzo y Pepita*. ¿Qué te parece *Snoopy*? Es un perro muy divertido.

Más tarde, Charles y Frijolito salieron con los perros al jardín y les enseñaron a jugar a perseguirse. A Princesa se le daba muy bien. Corría de un lado a otro y perseguía a todos hasta el último rincón del jardín.

Cuando los dos perros se cansaron, Charles se los puso en las piernas para que durmieran una siesta. Frijolito también se recostó junto a Charles y comenzó a acariciar a Princesa y a Chico.

Al poco rato, la Sra. Peterson llamó desde la casa.

—Charles, te llaman por teléfono.

Charles se levantó y despertó a Frijolito, pero los dos perros siguieron durmiendo. Cargó a Princesa y a Chico hasta la cocina. Princesa era ligera como una pluma, pero Chico ya estaba demasiado grande para llevarlo en brazos. Charles le pasó los dos perros a su mamá y agarró el teléfono.

—¿Hola?

—Charles, soy Harry —dijo una voz—. ¡Creo que tengo un plan!

CAPÍTULO NUEVE

Este era el plan: Harry pensaba que si su tía pudiera ver lo mucho que Nathaniel y Princesa se querían, la adoptaría sin ningún problema o, como Harry decía: "Sería pan comido". Todo lo que tenían que hacer, según Harry, era conseguir que su tía fuera a la biblioteca esa semana a la sesión de Lee con una Mascota. Allí vería a Nathaniel y a Princesa en acción.

Charles pensaba que era un buen plan. Siempre le gustaba tener un plan. Sobre todo si este tenía algo de secreto.

—¿Pero cómo vas a convencer a tu tía para que venga a la biblioteca? —preguntó Charles—. Pensaba que ella tenía que trabajar los sábados.

—También tengo una idea para eso —dijo

Harry—. El programa de Lee con una Mascota celebra un día especial este sábado. Quieren que los padres vayan a ver a sus hijos leer con los perros. Los padres los observarán desde un balcón que hay encima de la sección infantil para no distraerlos. ¿Sabes dónde te digo?

—Sí.

Charles se había asomado por ese balcón muchas veces para ver a la gente que había abajo. Siempre era divertido observar a la gente que no sabía que los estaban mirando.

—Yo me encargaré de que mi tía Maggie venga. Después, puede bajar y saludar a Nathaniel y a Princesa —dijo Harry—. ¿Qué te parece?

—Me parece genial —dijo Charles—. Pero tengo que decirte algo...

Charles estaba a punto de hablarle a Harry de lo mimada que estaba Princesa y de su lista. ¿Qué pasaría si la tía de Harry pensaba que Princesa era una perrita maravillosa y la quería adoptar? Tenía que ser sincero y contarle la verdad.

Pero antes de que Charles pudiera sacar el tema, Harry lo interrumpió.

—Entonces ya está todo planeado. Ahora me tengo que ir —dijo—. ¡Te veo el sábado!

El sábado tardó muchísimo tiempo en llegar. De hecho, Charles no recordaba una semana tan larga como esa.

Cuidar a Princesa era un trabajo a tiempo completo y Charles tenía que encargarse de todo, salvo cuando estaba en la escuela. Sus padres accedieron a ayudar durante esas horas. Lizzie se negaba a seguir las instrucciones de la lista y, el resto del tiempo, Charles era el único que se ocupaba de ella. La cachorrita era su responsabilidad.

Mientras tanto, Princesa seguía siendo tan exigente como siempre. De hecho, se negaba a desayunar si Charles no machacaba su comida tres veces, a pesar de que no había ni un solo grumo después de la primera vez. A Charles le encantaba Princesa, pero realmente esperaba que la tía de Harry, Maggie, la adoptara. Le preocupaba que no lo hiciera, sobre todo una vez que descubriera lo mimada que estaba.

Cuando por fin llegó el sábado y Charles llegó con su tía Amanda a la biblioteca, se olvidó de sus preocupaciones. Harry y Nathaniel llegaron cuando Charles sacaba a Princesa del auto. Nathaniel se desabrochó el cinturón y salió de un salto del auto de Harry.

—¡Trajiste a Princesa! —gritó, cerrando con fuerza la puerta y corriendo hacia Charles—. ¡Qué bueno! Harry me dijo que la ibas a traer, pero pensaba que estaba bromeando.

Nathaniel sonreía y hablaba muy rápido. No parecía el chico tímido que Charles había conocido hacía un par de semanas. Ahora no se escondía detrás de las piernas de Harry.

—¡No, no era una broma! —dijo Charles—. La hemos traído para que puedas leerle. ¿Qué te parece?

Sacó a Princesa de su palacio rosado y le dio un

abrazo. Después la puso en el suelo y le pasó la correa a Nathaniel.

—¿Quieres ir adentro?

Princesa se paró en dos patas y se apoyó en la pierna de Nathaniel, dando un pequeño ladrido.

¡Yupi! ¡Eres tú otra vez! Tú sí que sabes lo especial que soy. ¡Excelente! Espero que estés preparado para prestarme mucha atención.

Nathaniel tomó a Princesa en sus brazos y le dio besos y abrazos. Después la volvió a poner en el suelo con mucho cuidado, se pasó la correa por la muñeca y se dirigió a la biblioteca seguido de Harry, Zeke, Amanda y Charles.

—¡Perfecto! —le dijo Harry a Charles mientras caminaban—. Princesa está aquí. ¡Hemos completado la primera fase!

—¿Y qué va a pasar con la segunda fase? ¿Va a venir tu tía? —preguntó Charles.

Harry asintió.

—Sí.

—Hay algo que tengo que decirte —empezó a decir Charles.

Pero en ese momento llegaron a la puerta de la biblioteca. Harry se adelantó para abrirla, de modo que Nathaniel y Princesa pudieran pasar. Charles no le pudo hablar de la lista.

Una vez dentro, Nathaniel fue directo a un rincón tranquilo, alejado del resto de los lectores y sus perros. Se sentó con Princesa en su regazo y Amanda le pasó un libro.

—*Tres cuentos para contarle a tu perro* —dijo Nathaniel, leyendo lentamente el título—. ¡Perfecto!

Abrió el libro.

Quince minutos más tarde, Harry miró a Charles desde el otro lado de la sala y señaló al balcón.

—¡Está aquí! —dijo con los labios.

Charles miró hacia arriba y vio a una linda mujer de cabello negro que se parecía mucho a

Nathaniel. Estaba apoyada en la barandilla, cerca de otros padres, y observaba a Nathaniel y a Princesa. Estaba sonriendo.

La sesión estaba a punto de terminar, pero Nathaniel no quería dejar de leer. Entonces Harry se acercó y le dijo algo al oído. Nathaniel miró hacia arriba, al balcón.

—¡Mamá! ¡Mamá! —gritó—. ¿Lo viste? ¿Viste como le leí a Princesa?

Ese día, por la noche, Charles acababa de darle la cena a Princesa cuando sonó el teléfono. Era la mamá de Nathaniel, que quería comentar lo mucho que le había gustado ver como Nathaniel le leía a Princesa.

—¡Fue increíble ver a la perrita y a Nathaniel juntos! —le dijo a Charles—. ¿Qué ha pasado con mi niño tímido? Esa perrita es perfecta para él.

—Este... —A Charles le daba un poco de miedo preguntar—. ¿Le dijo Harry que Princesa está buscando a alguien que la adopte?

—Sí, lo hizo, y estoy considerando seriamente

si Princesa debería ser parte de nuestra familia —dijo Maggie—. Sé que a Nathaniel le encantaría, pero necesito un poco más de tiempo para tomar la decisión. Tengo que pensar si tengo la energía necesaria para cuidar a mi propio perro después de pasar todo el día cuidando los perros malcriados de otras personas en mi peluquería.

Charles hizo una mueca. Probablemente no era el mejor momento para hablar de la lista, pero Maggie siguió hablando.

—Tengo que pensarlo. Si mañana traes a Princesa a la peluquería, tomaré una decisión en ese momento.

Hablaba tan rápido y estaba tan emocionada que Charles no fue capaz de decir ni una sola palabra. Si hubiera podido, *seguro* que le habría hablado de la lista. Bueno, *a lo mejor*. ¿O no?

CAPÍTULO DIEZ

A la mañana siguiente, la campanilla de la puerta sonó cuando Charles y Harry la abrieron y entraron en la sala de espera de la Peluquería Canina de Maggie. La tía de Harry tenía la peluquería justo detrás de su casa. En cuanto Harry y Charles entraron, un montón de perros empezaron a ladrar.

Charles miró a su alrededor y tomó una buena bocanada de aire dulce y cálido.

—¡Aquí huele muy bien! —dijo—. Igual que en Pel...

Se detuvo. No quería que Harry supiera que se cortaba el cabello en una peluquería de señoras.

—Igual que en Pelos, ¿verdad? —dijo Harry sonriendo—. ¡Siempre he pensado lo mismo!

—¿Tú también te cortas el cabello allí? —preguntó Charles.

Harry asintió.

—Con Danielle. ¡Es la mejor! Hace años que me corto el cabello con ella.

—¡Yo también! —dijo Charles. No lo podía creer.

—¿No te parece una lástima que se fuera de Littleton? —preguntó Harry—. Aun así, merece la pena ir hasta Springfield para pelarse con ella. ¡Oye! A lo mejor la próxima vez podemos pedir cita para el mismo día e ir juntos.

Charles se rió.

—¡Eso sería genial!

A Charles le encantaba ir en el auto descapotable de Harry. Esa mañana, el viaje de diez minutos desde su casa a la peluquería de Maggie había sido demasiado corto.

Charles levantó el palacio de Princesa que cargaba en sus brazos.

—Así que esta es la peluquería de tu tía —dijo mirando a su alrededor. La sala de espera estaba decorada con fotos de perros de todas las razas. A Lizzie le hubiera encantado el lugar—. Es un sitio genial.

—Desde luego —asintió Harry—. He pasado muchos ratos aquí después de la escuela ayudando a mi tía. —Abrió una puerta con un cartel que decía SOLO EMPLEADOS y llamó—: ¡Tía Maggie! ¡Ya llegamos!

—Pasen —dijo Maggie—. Estoy en medio de un caniche.

Charlie se rió. Sonaba cómico lo que había dicho, pero sabía lo que quería decir: estaba bañando a un perro caniche.

Charles siguió a Harry hasta la sala de lavado. Allí olía incluso mejor y el aire era húmedo. Charles vio unas mesas altas donde les cortaban el pelo a los perros. Vio varios carros con ruedas llenos de tijeras de varios tipos, máquinas de trasquilar y cortar. Vio ovillos de lazos de todos los colores para poner el toque final a los perros. Y vio a Maggie, la tía de Harry, cerca de una tina que le llegaba a la cintura, con las manos metidas en una espesa espuma blanca que cubría los rizos marrones de un perro muy mojado.

—¡Ya casi he terminado! —dijo Maggie—. Solo un enjuague más y Hershey estará listo para ir al secador.

Apuntó el chorro de agua a un costado del perro para quitarle la espuma que le cubría el pelaje. Después lo ayudó a salir de la tina, lo envolvió en una toalla y lo bajó por una rampa. Se apartó un poco para que el perro se sacudiera el agua, salpicando por todas partes. Por último, lo metió en una jaula de metal con un secador azul grande. Le dio al interruptor y el secador empezó a funcionar.

—Te veo en unas horas, Hershey —dijo lanzándole un beso—. Sé un perrito bueno.

Se volteó hacia Charles y Harry mientras se limpiaba la espuma que tenía en la nariz.

—¡La has traído! ¡Qué bueno! —Se agachó para asomarse al palacio—. Hola, chiquitita. Eres adorable.

Dentro del palacio, Princesa movía la colita muy rápido y olfateaba el aire emocionada.

Tienes razón. Soy adorable. Aquí huele como en casa. ¡Y mira esos lazos! Me encanta este sitio.

Maggie se enderezó.

—Lo he pensado mucho y he hablado con Nathaniel —dijo—. Hemos decidido que realmente queremos quedarnos con Princesa y que sea parte de nuestra familia.

Charles tragó en seco. Llevaba veinticuatro horas temiendo ese momento, eso si contaba las horas en medio de la noche en que no pudo dormir porque estaba demasiado preocupado. Esta vez tenía que hablarle a Maggie de la lista. De hecho, tenía que mostrársela. Llevaba el montón de papeles arrugados en el bolsillo.

—Lo que pasa es que... —empezó a decir.

—¡Estoy tan emocionada! —lo interrumpió Maggie—. Hace muchos años que no tengo mi propio perro. ¿Te conté que de niña tuve una yorkie? Se llamaba Bitsy y era lindísima y muy divertida. Aunque siempre me he resistido a tener otro perro, en el fondo quería tener un yorkie.

—¿Bitsy estaba muy mima...?

Charles quería preguntarle si Bitsy había sido uno de esos perros que necesitaban una lista, pero Maggie volvió a interrumpirlo.

—Y Nathaniel está feliz, claro. Está completamente enamorado de esa perrita. Anoche rebuscó por todas las estanterías los libros que le quiere leer.

—Eso está muy bien —dijo Charles—, pero...

—He pensado que hoy tengo que dejar que Princesa se acostumbre a estar en la peluquería ya que va a estar aquí conmigo casi todo el tiempo —dijo Maggie acercándose a un carrito con ruedas—. Y como a los yorkies hay que peinarlos continuamente, es mejor que se vaya acostumbrando. Es demasiado joven para que le corte el pelo, pero la pondré en la mesa y le cortaré un poco las puntas. Los perros se portan mucho mejor cuando están acostumbrados a una rutina.

—Dio unas palmaditas en la mesa—. Vamos a sacarla de su bolsa.

Charles puso el palacio de Princesa en el piso, no en la mesa.

—Un momento. Tengo que decir algo —dijo rápidamente antes de que Maggie pudiera interrumpirlo otra vez.

Harry y Maggie se quedaron mirando a Charles.

—Ah —dijo Maggie con las cejas levantadas—. ¿Qué ocurre?

Charles volvió a tragar en seco. Sacó el montón de papeles arrugados del bolsillo, la lista de Princesa.

—¿Ven esto? —dijo—. Es una lista enorme. —Cerró los ojos y los volvió a abrir—. Una lista con todas las cosas especiales que hay que hacer para cuidar a Princesa.

Maggie se rió.

—No sería la primera lista que veo —dijo—. Muchos clientes me dan listas cuando dejan aquí a sus perros. Te dicen lo que tienen que comer o por qué deben escuchar cierto tipo de música mientras estén aquí.

—Pero la lista de Princesa es muy larga —dijo Charles—. La verdad es que es una perrita muy mimada.

Bueno, ya lo había dicho. Ahora Maggie le diría que no tenía tiempo para cuidar a una perrita tan mimada y sería el fin del asunto.

Maggie puso una expresión seria durante un momento.

—No tengo tiempo para una perrita mimada —dijo. Después observó la cara de preocupación de Charles y se rió—. Ay, no te preocupes. Nos vamos a quedar con ella de todas maneras. Sé exactamente cómo "desmimar" a los perros mimados. Tengo mucha práctica con mi trabajo. Solo hace falta un poco de tiempo y paciencia. Y no me importa nada hacerlo por Nathaniel, por Princesa y por mí. ¡Nathaniel! —llamó en dirección a la puerta que daba a la casa—. ¡Princesa está aquí! —Se agachó para abrir la puerta del palacio rosado—. ¡Sal, pequeña! ¡Estás en tu casa! —dijo.

Nathaniel apareció corriendo justo cuando Princesa salía de su palacio. La perrita corrió a los brazos del niño y Maggie sonrió al verlos. Charles también sonrió. La pequeña yorkie había encontrado la familia perfecta.

SOBRE LOS PERROS

Todos los perros merecen ser tratados con cariño y amor. ¿Se malcría a un perro si le das galletitas o lo dejas dormir en la cama contigo? No necesariamente. Lo importante es que tu perro tenga buenos modales y, como miembro de la familia, sepa comportarse bien.

A veces, los perros muy mimados, como Princesa, pueden hacer la vida muy difícil a los demás. Pueden ladrar o gemir cuando no consiguen lo que quieren, destruir cosas que son importantes para ti o salir corriendo cuando los llamas.

Si tu perro está muy mimado, a lo mejor necesitas que un buen adiestrador de animales te ayude. El adiestrador, más que entrenar al perro, ¡te entrenará a ti! Con ayuda, puedes aprender a conseguir que tu perro sea feliz y se comporte bien.

Querido lector:

¿Alguna vez has tenido un perro mimado? Yo tengo amigos que tratan a sus perros muy bien. ¡Algunos cocinan para ellos todos los días! Otros los envían a campamentos y les organizan fiestas de cumpleaños, les dan masajes o les compran continuamente galletitas y juguetes. No creo que estos perros estén malcriados y seguramente son muy felices.

¡Todo el mundo adora a sus perros! ¿Qué es lo más divertido que has oído que alguien haya hecho por su perro?

Saludos desde el hogar de los cachorritos,
Ellen Miles

ACERCA DE LA AUTORA

A Ellen Milles le encantan los perros y le encanta escribir sobre sus distintas personalidades. Ha escrito más de 28 libros, incluyendo la serie Cachorritos, la serie Taylor-Made, el libro *The Pied Piper* y otras obras clásicas de Scholastic. A Ellen le gusta salir al aire libre todos los días, pasear, montar en bicicleta, esquiar o nadar, dependiendo de la estación del año. También le gusta mucho leer, cocinar, explorar su hermoso estado y reunirse con amigos y familiares. Vive en Vermont.

¡Si te gustan los animales, no te pierdas las otras historias de la serie Cachorritos!